강물은 흘러

이 옥 녀

- 황해도 신계군 다미면 출생
- 《우리문학》(1990년 6월) 등단
- 감리교신학대학교 석사 · 목회학 박사 취득,
  감리교신학대학 평생교육원 교수 역임,
  서울대학병원 원목 역임
- 한국문인협회 · 국제펜 한국본부 회원,
  한국기독시인협회 자문위원
- 시집
  《북에서 온 감자를 먹으며》(1992.4.30. 天山)
  《이브가 지나간 여기》(1994.3.1. 영하)
  《벼랑에 내린 뿌리》(1995.3.20. 문단)
  《다시 솟는 태양아》(1992.2.20. 문예사조)
  《초원의 집》(2009.8.5. 문예사조)
  《나그네의 오솔길》(2012.9.20. 월간문학 출판부)
  《멈춰있는 물레방아》(2014. 4.8. 코람데오)
  《임진강 철새는 오고가는데》(2018.1.25. 天山)
  《그 길은 어디에》(2019.1.25. 天山)
  《강물은 흘러》(2023.9.15. 인문엠앤비)
- 시선집
  《그 옛날 물레방아》(2016.1.20. 월간문학 출판부)
- 시화집
  《나의 새둥지》(2022.4.25. 시문학사)
- 시전집
  《이옥녀 詩全集》(2020. 天山)
- 엔솔로지
  《오팔 노을빛 여정》(2023. 5.3. 인문엠앤비)
- 수상 : 문예사조 제5회 문학상, 한국기독교문인협회
  공로상, 문예사조 문학상 본상, 한국기독시인
  협회 문학상, 제17회 자유문학문학상 수상

- E-mail : dasi64@daum.net

강물은 흘러

이 옥 녀 시집

인문엠앤비

시인의 말

강물은 흘러 어디론가 가고 있다.
"신명기14:29 범사에 복을 주시리라" 말씀이 떠오른다.

길디긴 세월 돌아보면
1·4 후퇴는 십대 소녀를 시인으로 배출한 동기가 되었다.
칠십억 인구 중 하나인 나는 올곧은 자세로 호흡이 존재하는
동안 주어진 달란트를 보듬어 씨를 뿌리리라.
그 안에는 인도자 주님과 성령이 존재한다.

시를 써 온 지 어언간 반세기가 넘었다.
여기에는 여성이라는 자존감과 함께 빼놓을 수 없는 고향을
그리는 시가 많다 보니 나를 일컬어 고향시인으로 불러준다.
그리고 사랑, 믿음, 희망의 시들이 더해졌다.

끝이 어디인지 알 수는 없지만

남은 자투리 시간을 조금 더 스며드는 시로 더 넓은 바다를 향해 퍼 나르고 싶다.

여기까지 인도하신 하나님과 내 가족들 그리고 국민의 삶을 꼼꼼히 챙겨 주며 대한민국을 이끌어가는 일꾼 모두와 이모저모로 시를 쓸 수 있는 환경을 제공하는 내 둥지 식구들에게 감사를 드린다.

2023년 7월 3일
이 옥 녀

| 차례 |

제 1 부

제 2 부

제3부

제 4 부

제1부

'발'이여 고맙다

내가 태어난 후
　나의 몸을 싣고
　　어디든 같이 가주는 너
　　감출 수 없는 눈시울

언젠가 발가락 사고로
　붕대를 감은 채
　　같이 걸어야만 했던
　　아픔 잊을 수 없다

하기사 발뿐이겠나
　뼈와 근육, 위, 순환기,
　　호흡기, 배설기관, 신경계
　　너 없으면 나도 없지
　　　그날까지 신나게 살자.

새벽에 내리는 춘설

오늘 새벽 창문을 스치며
어디론가 흩날리는 춘설
58 김효중 오라버니
마지막 인사였네

함께 살아온 반세기
백발 속엔 가야 하니
말없는 미소의 일생 그대
믿고만 싶었던 오라버니

얼마나 급했으면
별빛 따라 홀로이
냉혹한 죽음이 싣고 가나

얼마 후 우리 58
또다시 이별 없고
행복만 일렁이는
그 나라에서 영원히
같이 살자 우리.

* 2023년 1월 25일, 58 김효중 영면하다

Popcorn 깡통

하늘이 주신 생명은 귀한 법
전철 특석은 고마운 자리다

어느 역인가 한쪽으로 기운
장애 할머니의 승차

반백 머리카락 속에 가려진 얼굴
휘감긴 차가운 치맛자락
굽은 허리 마비된 손가락
껴안은 팝콘 깡통

아침 식사일까 점심일까
튀긴 갈색 옥수수는 생명줄
계속 입속으로 흡입되는 팝콘

그래 살아야 한다 열심히
생명은 함부로 버리는 게 아니야
그분이 부르실 때까지 살아야지

저 팝콘 깡통은 그날까지
소복소복 채워주시리라.

가버린 추석 달

내 품에 들어와
잠자던 추석 달
깨어 보니 가고 없네

언젠가 오늘 이 밤
너 다시 찾아와
나 없는 빈자리면

네 등 뒤에
맑고 고운 영원한 집에
새 삶을 살으리라 믿어다오.

가을 단풍

곱디고운 단풍의 삶은
희생의 삶이라네
열매를 위해
비바람도 품고 살았지.

가을 산책 길

맑고 푸른 가을 하늘 아래
젊은 날보다 고운 낙엽
잔잔한 호수 속 생명체
엄마 아빠 따라 꼬리쳐
치솟는 잉어 가족

카트 손잡고 가야 하는
휘어진 노파는 말한다
너와 같은 행복의 흔적
가슴 깊이 파닥인다고

한강의 모랫길 밟는 산책길
빨강 노랑 보라 장미의 향기
인간이 쏟아낸 찌끼
맑디맑게 씻어 주네

곧게 자라는 대나무 무리
이웃을 해칠라 몸 사리는

푸르고 깨끗한 삶이여
우리도 그렇게 살아 보자.

가을바람

가을바람 등에 실려 온
매미 귀뚜라미 소리가
타오르던 용광로를 밀어낸다

한여름 시끌벅적 어질 머리 일던
손녀 손자 글방 따라
미국 캐나다로 날아갔다

쓸쓸한 빈방에
묻어 있는 흔적들 새어든 바람이
텅 빈 내 가슴에 휘감긴다

그분의 법칙인가
밀물로 왔다가
썰물로 가 버린 갈대밭이여

왠지 초조해지는 시간들
새해 새날 새 여름이면

또 다시 만날 수 있을까

가을 열매는 가지마다
주렁주렁 영글어 가는데
세계는 지금 흔들리는 지진의 공포

캄캄한 밤하늘 아래 십자가 불빛은 살아있다.

강물은 흘러

어디로 흘러가는 강물일까
어제나 오늘이나 변함없다

제방을 지키는 잡초와 꽃나무
발걸음을 멈춘 봄꽃나무
인간의 욕심을 뿜어내
새 생명을 살러먹네

싱그럽던 산수화 한 그루
전기 망 속에 감금된 채
새까만 시체로 서 있다

걸어온 길 돌아보며
나 땜에 죽은 생명은 얼마일까
곤충의 삶을 살 순 없었을까

옆에 친구의 삶은 달랐겠지
강물은 유유히 아래로만 간다.

개미집

어느 날
내 둥지 앞에
개미떼가 출몰

귀 아린 굉음 미세먼지
눈 귀 다 감은 채
모래성을 쌓아 올린다

저 파란 하늘 따스한 이 햇살
아침저녁 오고가는 비행기는
개미집 속으로 스며들고
세미하게 흔들리는 주춧돌의 울음

살기 좋은 나라
너와 나의 둥지
까치 소리는 어디에…

거짓말

거짓이 밝은 빛을 가리어도
곱게 피어 향기를 나누어 주는
문주란 벵갈고무나무 고맙다

진실이란 두 글자는 실종된 현실
임금도 신하도 이웃도
나라와 나라도 거짓말

어지럽다 세상살이
우연이 아닌 코로나19
소돔과 고모라성이 다가오나
내 주님이시여 용서하소서.

겨울 갈대

한 해가 지는 해질 무렵
차가운 겨울바람 속 갈대
한집에 모여 흔들리고 있다

누군가에 배앗긴 모습
한여름 싱그럽던 깃털
굽혀진 허리 점점 안으로
소외되는 열 손가락

희생정신을 잃고 사는
겨울바람은 싫어
먹이를 찾는 비둘기 한 쌍

점점 사그라지는 겨울 갈대
하지만 새싹이 움트는
새봄이 오잖아.

겨울 낙엽

담장 밑에 잠든 겨울 낙엽
죽어서도 향기를 뿜어내는 낙엽
어질 머리 이는 현실을 밀어낸다

한 계절 나무를 살리고 열매를 맺고
겨울 오면 밟히고 찢기어도
뿌리를 감싸 주고 봄을 기다리는 낙엽

너와 나 자연의 삶을 배우며 걸어가자
에덴동산이 그리워지는 지금
아담과 이브의 모습 돌아보자.

겨울 장미꽃

지난밤 냉혹한 추위에
곱디고운 장미 꽃 한 송이
바랜 옷 그대로 고개 숙였네

누가 스칠라
가시 옷차림의 장미 일생
따스한 바람과 이슬 떠나니
같이 손잡고 가버리네

아이들 없는 빈 놀이터는
다가오는 비둘기 한 쌍
홀로 내려다보는 겨울나무
가정 나라 지킴이 무리
저만큼 후퇴한 육신의 무대

그분의 섭리는 말하네
서쪽에 지는 해는
동쪽 아침 해로 돌아오고
겨울 가면 새봄이 온다 하네.

겨울나무

이파리 꽃 열매
다 보낸 겨울나무

변함없이 뻗어가는
올곧은 뿌리

이 겨울도 하나로
언덕을 넘어가는 겨울나무

가다 보면 꽃피고 새 우는
봄날이 오겠지

그분의 십자가
등 터진 가지에 꽂힌다.

새날

매서운 겨울바람에
울면서 내려앉은 낙엽
그 소리는 십자가였네

희생이 행복인 양
꽃을 피우고 열매 맺은 삶
눈 속에 홀로인 고목이여

광장 성탄 트리는 어디에
새벽 송 산타의 선물은
마스크가 삼켰나 보이지 않네

겨울 새 지저귀는 저 산 너머
주님 오시는 발자국 소리
코로나는 스며들고 새날이 온다네.

고맙지

볼 수 있는 눈이 있어 고맙지
호흡을 할 수 있는 코가 있어 백세로 치닫는다
들을 수 있는 귀가 있어 행운이야
먹을 수 있는 입이 있어 즐겁지
머리를 받쳐 주는 곧은 목은 너무 고마워
무엇이나 잡을 수 있는 두 팔은 행복해
어디나 갈 수 있는 양다리 여행을 떠나 볼까

머물러 살 수 있는 내 나라가 있어 든든해
고독할 때 전화 한 통 아들딸 다행이야
끝자락 친구들은 평화의 다리지
헤어 보니 모두가 고마움뿐이다.

고목과 가지 꽃

등 터진 아카시아 고목
코로나도 비켜갈
아카시아 꽃 타래

숨 막히는 현실 속에
가슴 트이는 아카시아 꽃향기
고목을 감싸 안은 가지 꽃

자연은 어버이 살아실제
가지로 남아 꽃을 피우는데
전파 속 아련히 새어드는 소리뿐

살갗 시려운 이 봄인가
아니야 그분은 언제나
내 곁에 계시잖아.

공평하신 하나님
-너희는 공평을 지키며 행하라(사56:1)

1

나 여기까지 살아있음은 공평하신 주님의 은혜여라
악한 마귀 이길 수 있음도 캄캄한 밤 비 내리는 슬픔도

2

태초에 찬란한 빛인 태양을 가린 안개와 구름의 현실
황금 속 출렁이는 소돔과 고모라성에 죄인들의 비명

3

높낮음 없이 팔십억 인류를 휘둘러 감금하는 코로나
이유가 있겠지만 새 나라로 변화될 회개의 기회리라

후렴

변함없이 정의로운 우리 구주 예수님 사랑의 손길로
성차별 없고 구별 없는 행복한 그 나라 가는 그날까지
맑고 밝은 불꽃같은 시선으로 감싸시고 용서하소서

그 강을 건너간 친구

그대 우리를 두고 간 지
어언 40일
서녘에 떠난 태양은
새 아침엔 다시 오는데
친구는 돌아오지 않네

친구여
분쟁 없고 행복만 일렁이는
그 나라에 살고 싶어

두고 간 후예들은
주님 섬기며 잘살고
머잖아 만날 58 둥질랑
그대에게 맡길게

감신 그 시절
그 나라엔 있겠지.

* 2022년 11월 9일, 이호문 추모 예배

미수米壽 명상곡을 들으며
-박성호 목사 米壽 축하를 받으며

푸르던 그 옛날 지울 수 없는 사연들
이곳저곳에 새록새록 피고 있다

성도들 가슴에 품어 주는
십자가는 그때 그 십자가
괴롭고 슬플 때 피멍들며
애통의 기도 들어 주신
변함없는 십자가

애지중지 키운 성도들
흰 눈 내린 세월의 흔적들
우리는 영원한 가족이야

저 나라로 먼저 간 빈자리
기쁜 순간순간 어른거린다

내 젊은 시절 매달려 칭얼대던
손녀 주은이 바이올린 축하 연주

내 딸의 피아노 반주는
88세 아버지 20년만 더 살라신다

하나로 이루는 은혜의 성가
언제나 평안한 목자의 손잡고
혼돈에 휘말린 너와 내 나라
눈물의 기도로 건져 올리는
화곡동교회이길 두 손 모아 비노라.

하늘나라

무궁화 꽃길 따라
58 서영승은 가고 없네

언젠가는 가야 할 길
쏜살같이 가야 했나

하늘나라 58 일
때문이겠지

이리저리 고통 없이
행복만 일렁이는 거기

주님 모습 잘 보이는
58 자리 예비하이소

두고 간 '조경오'는
우리가 있잖소

살고 싶은 나라로

잘 가소 58 친구 영승.

* 2021년 7월 1일, 58 서영승 소천하다

길고양이 엄마

코로나 폭우가 할퀸 흔적이
방자한 인간을 비웃듯
눈가 짓무르게 하는 요즈음

길고양이와 엄마가
새 희망의 봄날을
그려 주는 사건 하나

꽃빛에 스며드는 나의 미소
인적 드문 산속 고양이와
밥 주는 여인은 엄마와 아가
산이 좋아 산에 사는 고양이

빛바랜 바람에 흔들리는
군중은 홀홀히 잦아드는데
나누는 그분의 향기가
티 없는 하늘 치솟는다.

길 위에 내린 눈

지난 밤 너와 내 나라에
소복소복 내린 흰 눈
길 위에 휘청이는
노파 심장에 꽂히는 소리

길고 긴 날 가라앉은 티끌
휘날리는 눈 속에 품어
무궁화 꽃을 피우자 하네

잊어야 할 수많은 사건
우리가 세운 새 나라
맑고 푸른 하늘 아래
행복한 세상 이루리라

하루를 같이 산 태양은
성탄 트리 꽃을 사러
썰매 타고 달린다 저만치.

까치산의 하루

세계 인류는 지금
볼 수도 잡을 수도 없는
코로나 피난길에 휘청이나
임무를 다하는 자연이여

갈잎만 서걱이는 뒷산
샛노란 매화 하얀 목련은
인간 삶이 가여운가
홀로이 희부연 세상을 밝힌다

꽃향기 속에 무리 진 은빛들
바둑, 장기 뒤집는 함성은
지난 날 나라를 지켜 온 목소리다

간혹 '청기와 집'을 향해
흙탕물을 쏟아내는
백발인 취객의 갈망은
너와 나의 바람이다

이름 모를 산새 한 마리
희망의 꽃바람 싣고
벚꽃 빈가지에 내려앉네.

까치산 꽃길

사월 어느 날 까치산 등산길
지난 밤 비바람이 꽃길을 만들었다
떨어진 꽃잎은 낙화가 아니야
열매를 위한 양보의 자태란다

품고 있던 꽃받침은
자줏빛 얼굴로 바람에 흔들리며
밟히고 부서지는 살갗을 향해
우리 다시 만나는 날 있을 테니
아픔을 참으라 달래 준다

어디선가 뻐꾹새 한 마리
슬피 우는 소리
귀 아리게 들린다
기다리면 열매 맺는
가을이 온다고 뻐꾹 뻐꾹.

제2부

꽃

아침에 피었다 저녁에 가는
하루살이 꽃의 이유는 무엇일까

어쩌면 아름다움이란
다 그래야 하나

한 여인의 삶 돌아보면
시들은 저 꽃 닮았네

저 세계는 은행도 없나 봐
그 뒤에 에덴동산 유혹이 있었을까.

꽃바구니

쏠쏠한 둥지 속에
어버이날 축하 향기가
물안개로 스며든다

백발이 내려앉은 지금
아들 딸 있음이 선물이다

머나먼 美國에서
험준한 길을 뚫고
똑똑히 찾아온 선물

엄마 아빠 그리운 모습
눈시울 적신다

얘들아 어버이 사랑
엄마는 모르고 살았단다
힘들 때 떠오르는 부모님 생각

언젠가는 뵈올 그날 오겠지.

꽃비

비가 내리네 들과 산에
꽃비가 내리네

목마른 가로수 민들레
반짝 반짝 빛나는 웃음소리

오천만 동포 가슴에도
꽃비 내리면 저리 웃고 살겠네

비야 비야 꽃비야 솔솔 내려
강으로 바다로 하나로 이어주렴

기다리던 꽃비가 얼마나 좋은지
등 굽은 할배는 우산도 없이
지팡이가 끌고 가네.

꽃송이

아름다운 꽃송이
기쁨을 안겨 주는 꽃송이
그분의 창조물은 신비롭다

아름다움은 순간일 뿐
목련 벚꽃의 아름다움
시샘인 봄바람이 쓸어 갔나
흰나비가 데려갔나

세월 속에 묻힌 한 여인의 조각이다
그래도 줄기에 남기고 간 씨알
새해면 또다시 필 꽃송이
지난 날 돌아보며 더 고운 꽃을 피우자.

꽃의 눈물

꽃들도 스러져 갈 때는
눈물 떨구네
생명의 끝자락의 표식인가

내 곁에 한동안 살면서
꾸밈없는 그대로
고운 모습 좋은 향기
고맙다 문주란

가는 길 울지 마라
그곳은 미움 시기 질투
돈 권리 명예 갈취 아픔 없는
행복만 가득한 곳

진실한 그분 함께 살면 되는
거기 가고 싶은 지금
꽃잎이여 눈물을 거두고
살포시 떠나 훗날 만나자.

꽃향기

아가야 내 아가야
그 향기 담아 둘까 넣어 둘까
내 품에 품어 둘까
아니면 같이 갈까 문주란

아니야 그분이 안 된다 말했어
며칠 후면 아주 가지 싶은 이 향기
나 홀로 두고 너만 갈 수 있겠니
야속한 너 문주란 향기야

그래 기다려 보자
1년 후면 다시 필 문주란
지금 그 빛으로 오면 돼
빨간색은 싫은 내 심정
너는 알고 있겠지
잘 가라 문주란 향기야.

나는 몰랐네

내 몸이 이렇게
위대한 작품인 줄
모르고 살아왔네

수천억 개의 조각 작품
오묘한 창조의 섭리는
나를 울렸다

수소 산소 탄소가
나의 육체의 재료라네
변함없는 조각은
뇌세포 심장 눈의 수정체

수천억의 세포를 다스려
피부 2주, 적혈구 120일
뼈 10년 근육 내장 16년
지금 너와 나는 신 작품

돌고 돌아 영원한 그 나라
조각품 다독이며
살아가는 우주인!!!

나는 보았네 '에덴동산'을

여행은 즐겁다
할미꽃도 꽃이라네

맑고 푸른 하늘 아래
드높은 꽃동산 지킴이
황토 둥지, 황토 둘레 길은
희망찬 꽃과 나비의 쉼터다

첫날 신새벽 저 반달은
서울 내 집 그 달이네

24시간 건강지킴이
사랑의 서비스
게르마늄 온천 사우나

끝없이 살고 싶은
고창타워는 '에덴동산'

여행객 발길을 유도하는
'유비무환'의 성곽 앞에
누워 있는 십자가는
그분의 십자가를 닮았다.

나의 분신 시전집詩全集

나의 일생 보듬어 키운 분신
사랑 찾아 임 찾아 떠나는 시간

절제된 홍안 소년 소녀의 모습
마지막 고별의 전율은 왜일까?

머리에 두 손 얹고
잘 살아다오 기도의 이별은
여식 출가 때의 심정이네.

생일날 내 어머니

사계절은 오고가는데
달려드는 생일날이
심어 놓은 숨은 이야기

기쁜 날보다 슬픈 사연이
백발 속에 새어나는 지금
어릴 적 잃어버린 어머니

초등학교 운동장 기슭에서
초조히 어린 딸 기다리던
마지막 어머니 모습

생일날 입혀 주던 색동저고리
기억 속에 지워진 생일잔치 상
이젤랑 오늘처럼 기쁘게 살면 돼.

낙엽의 세계

일생
먹이고 입히고 열매 맺힌
길 위에 낙엽의 세계
밟히고 찢기고 부서지나
저항 없는 이유를 말해다오

새봄이 돌아오면
꽃향기 뿜어내어
노쇠한 벌 나비
뇌리를 씻어내리

길 위에 낙엽의 세계여
새 세계로 오색 빛깔로
우리 손잡고 일어나 보자.

낙엽의 일생

가을 뒷산은 낙엽의 꽃길
갈색 노랑 빨강 보랏빛
서로 품어 주며 뒤돌아본다

봄바람에 잠 깨어
꽃피우고 열매 맺고
말없이 주어진 일 해냈지

어느새 추풍에 낙엽 되어
때로는 밟히고 찢기고
피멍 드나 의연한 자태다

은빛 굽은 등 스칠 때
가슴 속 스며드는 낙엽의 일생
낙엽은 낙엽이 아니야 새봄이 오잖아.

날 울린 양파

나는 알았네
부활의 뜻을

비늘줄기 속에 살아있는
양파의 꽃순은 날 울린다

어느 날 아침
식칼과 만난 양파
무너진 몸속에 치솟는 꽃순

한 여인의 심장을 아리게 한 권력의 남용
꽃병 품 안에 안겨 당당한 새 삶의 양파
피조물의 생명은 귀하잖아.

날개가 있다면

반세기를 둘러보는
까치산 둘레길
도시의 생명줄인
숲과 나무들 고맙다

올봄도 변함없이 피고 지는 꽃동산
간밤에 봄바람 따라 나선 꽃잎은
등산객을 꽃길로 부른다

아직은 싱그러운
아카시아 꽃무리
내 발등에 휘감긴다

날개가 있다면 날아갈 것을
미소 짓는 꽃잎은 소리도 없네
하지만 아픔이란 희망의 증거란다.

냉혹한 그분의 섭리

구원자의 훈련은
이렇게 가혹한가
가슴 저리다

아기 예수 탄생은
꼭 외양간이어야 했나
호된 훈련의 계시겠지

그 속에 아기 예수는
함빡 웃어 주네
여기까지 살고 보니
뒤돌아서 울고 싶어

풀떼죽도 부족한
목수의 노동의 깊은 뜻은
다가올 십자가 때문

허나 삼일 후 부활한 예수
"기쁘다 구주 오셨네"
진정한 종소리를 알 때다.

노목老木의 삶

지구촌의 삶은
그분의 섭리지 싶어
서로 잡아 주고 품어 주고

어느 날 산책길에
노목의 자태는
이렇게 살라 하네

이리저리 날리고 밟히다가
흙 속에 싹을 틔워 살아가는 노목
비바람에 휘어지고 등 터지나
노목은 말하네 행복하다고

한 계절 푸른 잎은
맑은 공기를 뿜어 주고
헤어지는 열매와 낙엽
또한 남을 위한 이별

한겨울 북풍은 밀려오는데
갈 곳 없는 바구미 사슴벌레
가슴에 품어 냉혹한 세월 보듬는
사랑이 노목의 삶이라 하네.

녹지원 소나무

홍익인간의 역사를
낱낱이 기억하고 있는 소나무
천년만년 살아다오

정이 많은 우리 민족
너는 알고 있지 소나무야
대대손손 전해다오

능청맞고 야욕쟁이 이웃 나라여
우리 대한민국은 자유민주 국가란다
해방의 날 8월 15일, 통일의 그날
소나무야 소리 높여 불러다오

이리저리 힘들었던 영빈관
이젤랑 남북이 하나로 손잡고
세계를 향해 힘차고 지혜롭게
뛰고 또 뛰어 보자

다가오는 밝고 맑은
새해 새아침과 기쁜 성탄은
승리의 나라 대한민국의 예고편
저 소나무는 또 하나 적어 두겠지.

너와 나
-2020년 설날, 손녀 세령이와 함께

가는 세월 잘 가라 배웅하고
오는 세월 붙안는 설날

꽃나비 날아들 때 어디 갔다
흰 눈 쌓인 백발 품에 안긴 너

광야의 쓸쓸한 밤 이리 굴고 저리 뒤척
지새운 네 모습 내 눈에 찾아 든다

아직은 차가운 겨울바람
너와 나 꺼안은 온기

묻어 둔 사랑 남은 시간마다
아낌없이 풀어 보자 세령아

아지랑이 송알송알 피는 꽃동산
흰나비 노랑나비 춤추며 살아가자.

놀라운 사건

내가 살 나라 있어 감사
생명 존중 의료진 감사
코로나19 폭풍 속에서
늙은이 고려장 없어 감사
그 나라* 백성 아님에 감사
후손들 거기 안 간 일 감사
헤어 보니 모두가 감사
코로나야 너만 가면
눈물 나게 감사할 텐데.

* 이탈리아

눈물의 비밀

변함없는 계절은 오고 간다
벼가 자라고 보리를 거두는
망종亡種의 시기

자식은 분신分身이라 했나
신천초목이 기다리는 보슬비가
구름 품에 안겨 가없이 뿌려준다

어느새 가장인 너의 눈물
세월의 끝자락에 선
모정의 눈시울 적신다

두드려 채워도
끝없는 빈 항아리
그분의 섭리에 맡기자.

다시 또 한 번

밤하늘 별 하나
세상사 풀어 놓고
단잠 자는 황토 침대

나이야 비켜라
화장대 앞에서
세월을 가리고

오동나무 식탁에
둘이 앉은 밥상은
백세 요리면 싶다

나의 생명은 詩라 했나
사라지기 전 새겨 두자
싱그러운 책상에 앉아

그분의 선물인 분신은
기쁨의 제조기
살맛나는 세상 만들어 보자.

단오절

오늘이 단오절 비가 내리네
소녀시절 고향이 그립다

우리 동네를 지켜 주던
은행나무는 지금도 살아있겠지

해마다 단오절엔 동리 언니 오빠
은행나무 아래서 그네, 씨름, 탈춤 흥겨웠지

언니 내리면 나도 그네에 올라
두려움 없이 멀리 몸을 날렸다네

구경하던 언니 오빠들
응원의 박수에 신명났지

단오절 창밖에 비는
주룩 주룩 내리네.

두견새

연둣빛 4월의 뒷산
두견새 한 마리
노래일까 울음일까
가슴 속 스며든다

며칠 전 지워진 반달
노래 그리던 빈 책상 위
손자국 묻어나는 도구들
가신 님 모습 잠들어 있다

어느새 맑고 고운 봄날
서쪽을 향한 해를 따라
또 다시 야속한 이별의 시간
만나고 헤어지고 인생의 행로구나

두견이 소리는 약속의 노래겠지.

* 2012년 4월 18일, 유창주 위로의 시간을 보내며

추억의 도마 소리

고운 단풍 식구들
오순도순 둘러앉은
아침 밥상의 향기

작아진 오감 속에
나동그는 수저 울림
섬김의 도마 소리는
젊은 날 추억의 하모니다

알 수 없는 남은 시간
내 맡긴 강서타워
미더운 아들딸들이여
그대들의 수고 고맙데이

때로는 힘들고 고달프나
이모저모 휘어지게
가족과 나라를 지켜 온
지킴이로 기억해 다오

나는 보았네 창문 밖
드높은 파란 하늘 아래
검은 구름에 실려 가는
붉은 코로나 무리를!

돈 돈 돈

맑고 푸른 저 하늘은
돈돈이 가려 보이지 않네

넓디넓은 지구촌도
돈돈에 덮여 시들어가고

청정한 줄 믿었던 백발
또한 돈에 깔려 휘청인다

성전에 십자가도
돈돈이 감싸 희미하다

지혜롭고 귀여운 토끼는
돈 없어도 행복하다고

노아 홍수 대신 찾아온
코로나는 떠날 줄 몰라

방주 속에 너와 난
입주할 수 있겠니?

제3부

그대 떠나는 날

그대 떠나는 오늘은 봄날
예고도 없는 새하얀 눈이
소복소복 내리는 이유는
그분이 내리시는 지팡이겠지

너와 나 만나기 위해 태어나
고생과 수고 힘든 날 많았지만
언제나 밝은 미소로 다가와
내 품에 안겨 주던 당신

떠남이란 냉혹한 이야기
차디찬 마지막 그대의 손
외로운 내 손 잡은 채 잠든 당신
마지막 이별인 줄 나는 몰랐네

언젠가 또다시 만나는 날 오겠지
새벽에 퍼붓던 춘설도 멈추었고
나의 눈물도 말랐나 보다

잘 가라 내 사랑 명희야 안녕

그대 가는 곳이 그렇게 좋다는데…

* 2019년 2월 13일에 김연기 목사님의 부인, 이명희 사모님 가시다.

목련

할미꽃도 봄이 좋아
봄바람에 내끌린 노부부
봄 동산 휘돌다
꽃향기에 취했나 보다

샛노란 개나리는 무리 져
담장을 끌어안고 활짝 웃고
말없는 목련은 믿고 싶어라

이름 모를 봄꽃 가지마다
시기일까 본능일까
자줏빛 입술 뽀로통히 내밀어
나도 필 수 있다 하네

흰나비 한 마리가
꽃바람에 취했나
이리저리 팔랑이며
휘청이는 할미꽃을

스치며 가버린다

오늘 하루도 꽃바람 속에
행복을 찾아 살았나 보다.

맑고 고운 새날

변함없는 맑고 고운 새날
그 앞에 한없이 부끄러운 인생
나는 알았네 살아 보았네
지옥의 세계를

2020년 12월 31일
짓눌리는 나라의 짐 나의 짐
등 터지게 지고 가는
풍랑은 다시는 오지 말길

잃은 살갗을 헤집고 싹 틔우는 양파
나는 감히 돌아선다
아련히 스치는 눈물의 기도
맑고 밝은 그분 품에 안기고 싶어

힘들 때 부르시는 그분 음성
눈물의 소원 들으시는 내 주님
그래서 살아가는 나
희망찬 새해는 오고 있구나.

무

한해살이풀로 이 땅에 와
귀한 식물 야채가 된 무

홀로 자라 온몸을 내주는
희생 앞에 왠지 짠하다

온몸의 칼자국 묻어 둔 채
파란 잎을 내보내는 무

그 아픔을 보며 유관순 열사의
모습이 그림자로 떠오른다

생명력이란 위대하고 강인하구나.

무명초의 삶의 이유

봄볕 속에 무성히
성장한 무명초

어느 날부터인가 이파리 한 잎 두 잎의
알 수 없는 변색의 이유는 무엇이람

물 주어 가꾼 심정 검은 구름에 묻힌다
오늘 아침은 아예 삼베옷 갈아입고
어디론가 훌훌히 가버렸네

그가 살던 빈 터전에는
훌훌히 쏟아 놓은 피와 뼛가루의 잔재뿐

눈시울 적시며 자고난 새아침
그분의 오묘한 이유를 보았네

엄마의 희생을 알고 웃을까
핑크빛 연지 곤지 바르고

다투며 솟아오르는 무명초

십자가의 뜻이 여기에 있었나 보다.

무의도 舞衣島

서해바다를 끌어안은 무의도
지는 해 손잡고 들어와
별빛 아래 잠자고 신새벽
밀물로 가버리는 바다의 사연
말없이 품어 주는 무의도
58 여인들의 모습이다

동트면 황금 모래밭 어족들
넓디넓은 바다를 헤엄치던 자유
순간 알 수 없는 어망 속에서
탈옥을 부르짖는 귀 아린 소리

하얀 갈매기 무리
갇힌 이웃을 스치며 무슨 뜻일까
그들의 언어로 내뱉는다

무의도야 하나개야
변함없이 잘 있어라

영원할 58이란다

그날이 오면 또다시 만나겠지.

* 2019년 6월 17일, 전양부 · 신명희 부부가 감리교신학대학교 58 동기들을 초대함.

물레길

호반의 물레길 따라
민들레 깃털 날리며
옛이야기 솔솔 뿌린다

호숫가 산섶에
아늑한 둥지를 틀고
백발의 58 오순도순 살면 싶어

그분이 주신 사계절의
풍요를 가슴에 안고
냉천동 20대를 쏟아내 보자

변함없는 소양강 처녀
희부연 눈시울 꽂히는 노파의 모습
김광식 노정관 노윤철 박용구 백구영
서영승 신옥남 남경현 유창주 이옥녀
윤연수 이영호 이재호 전광현 전양부
한상인 한정석 홍석창 손잡고
소양강처럼 유유히 살아 보자.

미서라무

미서라무
너의 뽀얀 살갗
그 속살에 묻힌 고운 입술
소르르 뿜어내는 체취
아직은 앳돼 나비가 없다

너로 하여
살맛나는 현실
너는 알고 있겠지.

미완성 보름달

적막이 무엇인지
이제사 알았네

가끔은 새어나는
흘러간 옛 노래

문패는 노부부
밥상은 하나

일그러진 저 달은
알고 있겠지

추석날 뜨는 달은
밝고 고운 보름달.

민들레

이른 봄 길섶을 밝혀 주는 너
내 고향 논둑 민들레 닮았다
노랑 꽃 하얀 꽃 입에 물고 오는 너

내 민족이 아니면 일편단심 민들레
올해도 피었을 너 그립다
누군가에 밟혀도 미소 짓는 민들레

노랑나비 흰나비 꿀 퍼주는 너
때를 찾아 홀씨 되어
온 누리에 사랑을 베푸는 민들레

민들레 민들레야
평화롭고 아름다운 네 모습
갇혀 있는 내 품에 안겨 주렴

세균 앞에 낮아지는 인류
민들레 홀씨로
푸른 하늘 드높이 날고 싶다.

바이올린 연주 이주은

예술은 그분이 내린 선물이다
네 줄의 현과 활과 연주자가 하나 되어
도드리를 맞출 때
희喜노怒애哀락樂이 청중의 심장에 꽂힌다

인간의 마음을 움직이는 능력은
무상공급 받은 선물이 아니다
수많은 시간과 부모의 골수와
피눈물 나는 자신의 혼의 복합의 열매다

나는 들었다 연주자의 즐거운 비명소리
"자식에게는 계승치 않겠노라고"
예술의 길이 얼마나 험난한 길인가를 엿보며
세월이 흘러간 뒤에 감사의 그날이 오리라
내심 묻어 둔 경험자의 심정

세계 바이올린 연주자 이주은
그분이 주신 예물은 귀하고 귀한 법

70억 인구의 구원자의 역할을 연주로

현과 활이 다 닳도록 뛰고 또 뛰기를 비노라.

바위

썰물 밀물 앞에 산자락을 지키다
누군가에 끌려 예 이른 너
좌우로 치우침 없이
그날을 기다리는 바위

까마귀 울어대는 길 따라
가야 하는 살아온 은빛 무리
하늘이 어디 있냐는 패랭이들
밟힐까 두려운 시간의 흔적들
울타리 되어 손잡아 주는 바위

바위는 노쇠老衰도 없네
엄동설한 폭염 태풍 아랑곳없이
검은 투구 하얀 띠 질끈 맨 갑옷
고향이 바다라고 은빛 가슴에 달고
너와 나 감싸 주는 바위.

배나무 고을[梨泰院]

배나무 고을
눈 시린 사연들 잊자

비린내 풍기는 '가등청정'은
회개의 눈물 흘려야 하리
"원수를 사랑하라 했나"

인내를 넘지 못하는 눈시울
아이야 '핼러윈'에서
그 나라로 떠나야 했니

이 노파는 밤 새워
너를 찾아 울다 보니
부활의 새날이 보였단다

평안히 쉬다가
행복한 대한민국에서
우리 다시 만나자.

* 2022년 10월 29일 토요일 이태원에서 참혹한 일이 벌어지다.

배려의 열매

담장을 탈출한
사슴 한 마리
일생 심장과 뇌를 달랜
골수 만 편을 실은 택시

마지막 겨울 하늘 아래
잔잔한 한강을 건너
어느 신호대기 중
내 시야에 잡힌 실체

밤을 지새웠나
초점을 잃은 듯
피로에 묻힌 60대 기사
행여나 내어 준 사탕 한 알

아침 햇살로 피어난 모습
밝은 웃음소리는 달달했다
인사동 어느 지하 십자가는

내가 찾아온 목적지라네

불가능한 내 짐을 내려준
그 열매는 사탕 한 알
"고맙고 감사해요 언제 또 만나요."
"글쎄요 또 만날 수 있을까요?"

58이여

소꿉친구 58이고 싶어
또한 고개 끝자락이네

우리 58이여 순수하게
한 둥지에 살아 보자
깊어지는 외롭고 쓸쓸함
지워 줄 이웃은 58분

맛난 요리 고맙데이
58 조, 이 세세손손
천년만 살아다오

섣달 20일은 경오 양
울어야 하는 생일날
워커힐 창밖 한강에
떠오르는 영승 군 모습
상상일까 아닐까
현실이면 좋을 텐데

지나가는 세월 훨훨 털고
다가오는 성탄 기쁨으로
맞이하자 그리운 58이여.

* 2022년 12월 20일. 조춘재 이재호 초대, 워커힐에서

내가 질 십자가

내가 질 십자가 그분이 지셨네
양손과 묶여진 두 발에 박힌 무딘 못
지금 내 심장에 꽂힌다

고개 떨군 주님의 모습
쓰리고 아프고 예리한 가시관
쏟아지는 핏물 치마폭에 받아내는
어머니 마리아의 절규

내가 질 십자가 대신 지신 주님
그 앞에 슬피 울어야 하는 나
십자가는 너무 먼 곳에 있었네

때로는 아프고 힘들어야
눈시울 적시며 바라보는
십자가의 은혜 이제야 알았네

멀리서 들려오는 기쁜 소리
남을 위해 지신 십자가는
다시 사신다는 부활의 소식이다.

보리감자

적막한 도시 오후
초인종 소리 문밖에 놓인
선물 보따리

주소는 강원도
평강 외갓집 생각이 새어 든다

자주감자 살색감자
그중에 황인종
갸름 동글 아시안 닮았다

안데스 산맥이 고향인 감자
흘러 흘러 예 이른 감자

수분 단백질 섬유질 칼슘 나트륨
비타민A, B1, B2, C 종합영양제
저질 코로나도 그분의 섭리인가

범사에 감사하며 사는 게 좋겠지
재춘아 고맙데이.

* 2020년 3월 24일. 이재호 조춘재 감자 선물

봄 봄봄이 왔네

움츠렸던 산천초목은
따스한 햇살 손잡고
솟아오르는 봄이 왔네

한겨울을 버텨낸 노목은
어엿이 싱그럽다
지나던 새들도 쉬어가고
잡초는 흙을 비집고
높디높은 하늘을 본다

청개구리도 기다리는 봄
서로가 돌보며 살아가는 강서타워
생일날은 3월 29일 축하의 날이네

가족과 나라 위해 헌신한 은빛 마을
휘어지고 부서져 돌보느라
쓰리고 아픈 상처투성이 그래도 주어진
사명 다하는 그대들 고맙고 눈시울 적신다
그 나라 가기까지 평안히 살리라.

봄나물

무겁디무거운 흙을 밀고
따스한 햇살 손잡고
얼굴 내민 봄나물 무리

냉이 달래 두릅 취나물은
그분의 선물이야
왠지 그 속에 일렁이는 희생

갓 여린 새순의 춤사위
네 모습 그대로 보고만 있을게
차라리 너를 모르고 지날 걸

오늘도 향기 가득한 뒷산에
너와 나 행복한 만남이 되자
냉이와 달래야 새날이 오잖아.

매화꽃

스산했던 식물원에
값없이 찾아 준 봄

혹독한 설한을 밀어내고
살아 돌아온 수목들
노부부의 가슴은 설렌다

잎보다 먼저 와서
세상을 밝히는 매화꽃
나비는 아직 자나 보다

수양버들 버들강아지
싱그러운 색깔 내비쳐
엄마아빠 손잡은 아이들
휘어진 은빛도 반겨 주네

물비늘 일렁이는 호수
아기붕어 연잎을 스치며

노니는 모습 평화롭다

파릇이 웃음 짓는
잡초길의 암시
한겨레의 바람인
평화통일이 매화처럼
다가 오리라 하네.

부모의 희생
-미국 NYU 4학년 손자의 아픔을 보며

온 지구를 달구는 삼복
알 수 없는 균이란 놈이 파고들어
사람을 짓이기고 있다

자식은 분신 뇌의 골수를 할퀸다
고운 터를 헤집고 꿰매고
MRI로 훑어보는 의술 앞에 인간은 목석

병실 앞에서 심장을 태우는 엄마의 기도
그분 외에는 아무도 모를 거야
부모의 심정 자식은 얼마나 느낄까

물질만능 속에 병이란 것이 판을 친다
승리의 길은 그놈이 할 수 없는
눈물의 기도뿐이다

부모의 희생과 사랑, 아들딸들아 기억해 다오
주님의 십자가의 아픔 인간이 잊고 살 듯

그렇게 살면 안 된다
너희 부모가 한 오백년 사는 게 아니잖아

꿈속에도 너희들 위해 기도하는
할아버지 할머니 알고 있겠지
생명은 그분의 선물이야

마음 약하지 말고 속울음의 기도
주님은 꼭 응답하신단다
이주헌 힘내라 너는 세계적인 일군될 거야.

흰 구름은 화가

종일 지구를 태우던 태양
서해 바다로 스미는 순간
맑고 푸른 화선지 위에
흰 구름 솜씨는 농양화가
가는 길은 어디메냐

하늘에 잠든 유람선
기도의 모습은 우리 주님
다가서는 백두산 한라산
세 줄로 포개진 하얀 줄은
변이 COVID 목줄

숲속 매미 노랫소리
대한민국은 세계 1위
하늘에 꽃피는 홍보인가

눈앞에 씩씩한 후예들아
서로 서로 손잡고
저 흰 구름처럼
행복한 미래를 그려다오.

제4부

부서진 두루마리
-인천 한국국제성서박물관

세월을 덧입은 성서 유물들
이제 편히 쉬고 있다

그 옛날 파피루스 종이 품에
깨어있는 말씀
송알송알 피고 있다

구텐베르크 활판, 성경 표지
우리말성경, 에봇, 성막, 노아의 방주
국제성서 박물관 속에서
성지 순례를 하나 보다

퍼져라 세계 속으로
꽂히어라 70억 인구 심장에
한국국제성서박물관
그분의 말씀의 향기여.

비

파란 비가 내린다
하늘에 살던 비가 온다
부대낌 없이 올곧게 내린다

자유의 세계여 어서 오라
곳곳에 쌓여 있는 오물 쓰레기는
번갯불로 살라 쓸어내 다오

새 삶의 회복은
너와 나의 바람인데
폭우에 지워진 길은 보이지 않네

아니야 어디선가
비둘기 한 쌍이
감람나무 잎을 물고 이리로 온다.

빈가지에 매달린 홍시

햇살 일렁이는 둥지 밖
행복 찾아가는 어느 골목길
빈가지에 매달린 홍시

산새 한 쌍의
즐거운 노래 소리에
흡입되는 홍시

희생의 씨앗은
또 다른 생명줄
만추의 계절이면 들과 산에
이것저것 남겨 둔 까치밥

우리 민족 배려의 향기
아들딸들이여 배우면 싶다
그 세계는 코로나 없는
새봄을 데리고 온다.

사과와 땡감

십자가의 희생을
사과와 땡감에서 읽었다

떫어서 먹을 수 없는 땡감
고운 사과 품에 안겨 쌔근쌔근
코고는 소리가 나를 깨운다

살며시 덮고 자는 이불 속
곱던 얼굴 사과의 모습
까맣게 멍들었고
땡감은 새 각시로 변신했네

그분의 십자가의 희생
내 심장에 꽂힌다.

사랑의 망태기

사랑이란 한 줄기 세포만 지우면
미움도 이별도 자살도 없을 걸
창조주의 착각인가 실패인가

등 터진 겨울 나뭇가지를 보며
인생의 나약함을 너에게 묻는다

거센 비바람 차디찬 눈송이도
가슴에 품은 채
새순을 내놓는 고목의 모성

나무는 생명의 꽃바람 가득
스스로 죽음은 없더라

사노라면 그분이 오라는 날
웃음 띠며 더 좋은
그 나라로 가면 되는 거야

순간의 칼바람 후회 마라.

* 2020년 2월 15일. 목동 어느 한의사 부부와 어린 남매의 자살 뉴스를 보며

살아있는 불기둥

유난히 맑은 하늘 길 따라
홀로이 가 버린 친구
냉혹한 사연인가 순종인가
아니야 그분의 초청이라네

사랑에 흡입되어 살아온 시간들
처자식 남겨둔 채 가야 하는 그대
한생 몸 바쳐 사랑 눈물 기도로
키운 양 무리 가슴에 묻고 떠난 정암

불기둥은 말한다
죽음이란 영원한 이별은 아니야
잠시 헤어질 뿐이지
잔잔히 귓속에 새어드는 여운

근심걱정 없고 행복 가득한 곳
아픔 슬픔 없는 평화로운 거기
고운 집에서 주와 같이 사는 나라

미소로 찾아간 정암

다가서는 그 시간 우리 다시 만나
옛이야기 오순도순 나누면 싶다.

새해 새날의 삶

새해 새날이 또다시 왔네
금년 새해는 복된 한 해 될까
까치 까치설날 윷놀이 연날리기
그리워지는 옛이야기

그분은 새날을 이렇게 살라 하네
청춘을 내맡겼던 사막에 양치기 일생
종착역에 하차하니 세미한 소리 들린다

'자아'는 내려놓고 새롭게 살라 하네
밟으면 밟히고, 시기하면 사랑하고
달라 하면 나눠주고, 궁싯대면 잡아주며
외롭고 쓸쓸할 때 같이 웃고 울라 한다

흰 눈 속에는 새싹을 준비하는
봄이 기다린다 하네
주어진 달란트 가슴마다
알알이 심어 놓는 새 삶이 되자 우리.

* 2023년 2월 9일. 수표감리교회 서울남년회 원로목사 초빙에 시낭송.

새해 새 희망

저 달 속에 그림자 하나
고향에서 키우던 토끼 한 마리
또한 고개 너머 여기 와 있네

살아 보니 여기가 파라다이스
푸르게 살아가는 형제자매여
때로는 외롭고 쓸쓸해도
그분에게 맡긴 채
같이 울고 웃으며 살아가자

차가운 흰 눈 속에 땀 흘려
어머니 아버지 너 또한 내 자식
다독이고 보듬는 그대들 있어
대한민국의 희망인 강서타워는
세계를 향해 새싹을 틔우리라.

샛별

어느 주일 신새벽
맑은 하늘 동쪽에
반짝이는 별 하나
왠지 희망의 별빛이다

가녀리게 새어드는
귓속말 한 마디
내 심장에 꽂힌다

"네 죄를 씻으라
곧 염병은 떠나리라"(민16:48)

70억 인류의 허물
세밀히 아시는 주님
용서하소서

어두움을 헤치고
힘차게 오르는 아침 햇살
그 품에 안긴 샛별이여.

섣달 그믐날

섣달 그믐날 밤 자정
보내기 싫은 이 시간
냉혹한 12시 자정은 잡을 수 없다

원치 않는 설날 새벽 한 시
까치 까치설날은 유년시절 노래지
굽은 허리에 나이테 하나 달아 놓고
어디론가 가 버린 그믐날 밤 12시

한겨울 하얀 눈도 사라진 현실
후난성 미세먼지만 스며들고
푸른 숲속 치매 든
곰 한 마리는 거품만 내뱉는다

그분의 타이르는 소리
"범사에 감사하라"시네.

섣달 새벽별

섣달 어느 새벽에
하늘 치솟는 비둘기

희망 기쁨은 실어오고
폭설은 지고 가는 산타

알 수 없는 비바람에
휘청인 혹독한 훈련은
다져지는 터전이었네

험준한 고갯길 너머
평화의 꽃향기 뿜어내는
아기 예수 발자국 소리!

성복순 내 할머니

천사 같은 내 할머니
하늘이 보내신 할머니
닮고 싶은 내 할머니

넓디넓은 사랑의 품
낙심될 때 손잡아 준
강인함과 온유한 모습

기쁨은 나누고 슬픔일랑 머금는
속 깊은 내 할머니
때로는 날쌘 회초리는 무서워

가족을 위한 희생 그분은 아실거야
당신이 있기에 우리가 있음이여
나무의 뿌리는 영원한 법이죠

자랑스러운 내 할머니 감사할 뿐.

* 김진호 감독, 성복순 사모의 손녀 김성은 편지를 받고

세계는 지금

그분이 노하셨나
70억 인류의 입과 코를
하얗게 봉하신다

인간은 존재감 잃은 채
알 수 없는 원핵原核 무리에
흡입되고 있는 지금

세계의 눈 덮인 시선은
내 동포의 심장에 꽂힌다
푸른 하늘 길은 가시철망

소돔과 바벨탑의 채찍인가
너와 나 한 번 새김질해 보자
거짓 오만 욕심은 안 된다 했지

동굴 속에 고이 잠든
박쥐 두 날개에 매를 보낸

그분의 심정 이제야 알았다

순교자의 6월이여
코로나와 항쟁의 의료진 봉사자
가슴마다 십자가의 메달 하나 달아 주자.

그 비둘기

십자가 아래로 흘리는
갈한 목소리는 서글퍼

코로나에 밀려간
허허로운 빈자리

백신 꽂힌 옛 친구
멀리멀리 기대 있네

낙엽 지는 찬바람만
스며드는 여기

내가 기댈 지팡이와
방주는 어디에 있나

가는 길이 어디메냐
아라랏 산기슭은 다가오겠지

비둘기 한 마리가
먹이를 찾아 발등을 스치네

갈잎 등에 실려 떠나는
단세포 무리야 다시는 오지 말길

새나라 새 땅 위에
너와 나 새 둥지를 틀어 보자.

어느 할머니의 절규
- 위안부 이용순 할머니의 증언

어느 할머니 일생의 사연은
피 아린 눈물의 절규
세계 30억 여성의 심장에 꽂혔다

나라를 빼앗긴 백성들 36년의 서러움
아직 피지도 못한 여식
밤마다 출몰하는 늑대의 갈취
소리 없는 통곡은 아무도 몰라

나라 잃은 한 여인의 생애
30년간 이리저리 노예의 비극
되찾은 해방의 기쁨 속에 기어든
어느 서커스단의 착취의 분노

여자의 기구한 일생이여
30억 여성은 강하고 담대하자
성서는 말한다 사람은 동등하다고.

유년 시절

유년 시절 내 고향 논둑에
무리 져 피던 싸리꽃
해 질 녘 산섶에 피었네

한생 남을 위해 피는 싸리꽃
봄 오면 봄꽃 향기
여름 가을이면 배고픔을 달랬지
겨울 되면 땔감 되어
부모형제 오순도순 살던 은혜

푸른 잎은 누렁이에 내주고
껍질은 삼베 적삼 고마운 싸리꽃
그 세계는 코로나도 피해가네

주님 오시는 그날 평화의 날 오겠지.

싸리꽃

뭐 그리 속히 가니
하기사 아름다움이란 순간이랬나

벚꽃 민들레 산수화 개나리
싸리꽃 길섶 목련
에덴동산인 까치산

그분 오신 4월
새순 뒤에 성숙된 빛깔
젊음은 바람뿐
나이테의 자태가 미더워라

향기 퍼 나르는 흰나비
발걸음을 훔쳐간다
드넓은 대지는 빼앗겼나
계단 틈새 풀꽃의 의미는 무엇이람

그래도 가슴 펴 활짝 핀 민들레

주어진 삶에 만족하는 풀꽃
그 세계는 코로나도 없더라.

새해 새날

고개 너머 산타 오는 소리
유년시절 성탄절 생각난다

미세먼지에 가려진 하늘이나
산타는 썰매 타고 귀한 선물 싣고 오네

외롭고 쓸쓸한 어르신
눈 위에 잠든 노숙자
서러워 마라 기쁜 날 있잖아

동방박사 세 사람은
밝은 빛 따라 황금 유향 몰약
고이 담아 아기 예수 찾아오고

구유에 누운 아기 예수
꿈꾸는 소리
어두움 걷히고 새해 새날이 보인다

우리 같이 성탄 노래 부르며
가슴 설레는 평화의 그날 살아 보자

그분은 우리와 함께.

아침 8시 30분

눈부신 아침 햇살 속에
아들과 딸들 일터로
손녀 손자는 배움터로
달리고 뛰어간다
희망의 나라고 싶어

갓길에 힘없이
지팡이에 끌려가는
은빛 인생길은
병원뿐이라네

그래도 무시 마라
푸르른 젊은 시절
우리도 있었단다

피땀 흘려 쌓아 온
열매는 세계 반열에
우뚝 섰잖아

수렁에 빠질라
그때 그 흔적들

대한의 젊은이여
밤이 지나면 아침이 오는 법
눈 속에 풀꽃들 봄이 오면
새순 돋듯이 그런 날 오겠지.

너와 나

세월 속에 너와 나
만난 그날 언제였지
너는 푸른데
흰 눈 내려앉은 나

내 分身 빈자리에
해마다 꽃피우는 너
배고플까 아플까
어루만져 키우는 심정

혹독한 이 겨울
너와 나 손잡고
변함없이 사노라면
따스한 봄날은 다시 온단다.

꽃바람

바람아 꽃바람아
발등에 감기는 낙엽일랑 놔두고
살갗 스며드는 코로나는 데려가렴

등 터지며 꽃피운 산수화
배고픈 산새에 내어 주는 희생
꽃잎 부서지나 미련의 미소

산을 지키는 갈나무 벚꽃 무리
흙속에 잠자던 봄나물 햇볕 끌어안고
젖망울 터뜨리는 소리

꼭꼭 잠긴 골방에도 찾아오겠지
베란다 동백꽃은 마스크도 없이
가지마다 함빡 웃음 달아 놓네.

끝맺음 말(epilogue) ──────────

이 시집은 여기까지 살아오면서 나의 오감五感을 따라 들어온 씨앗인 감사, 은혜, 소망, 기쁨, 그리움 때로는 슬픔의 열매들을 시로 엮은 글이다.

빼 놓을 수 없는 시들은 1·4 후퇴 때 내 고향 황해도를 떠나 남한의 국민이 된 마음을 표현한 것이다. 감금된 삶에서 해방된 십대 소녀의 심정은 허허로웠다. 이렇게 자유로워도 국민이 살 수 있구나 싶었다. 그러나 고향은 그리웠다. 그 그리움은 시로 돌출될 수밖에 없었다.

2020년 8월 시집 10권을 묶어 全集을 출간 후 2022년 4월 시화집《나의 새둥지》를 펴내고 컴퓨터 이곳저곳에 흩어져 있던 시들을 모아 이번 12번째 시집《강물은 흘러》를 상재한다. 그리고 올해 봄에는 동기생들과 같이 문집《오팔 노을빛 여정》을 내놓기도 했다.

나의 한 생애를 돌아보면

　하나님을 믿지 않았다면 지구상에 나라는 인간은 존재
하지 않았을 것이다.

　미션 스쿨(mission school) 호수돈여고를 졸업하고 국문과
를 선택하려는 나에게 교목님께서는 신학을 공부해서 교
수가 되라 권면하셨다. 이에 신학을 공부하면서도 동아
리 모임에서 시 쓰기를 멈추지 않았다. 내용은 그리운 어
머니, 고향산천이 많았다.

　부부 목사로 화곡동감리교회를 개척의 길에서 은퇴의
종착역까지 골고다 언덕길을 넘으면서 십자가의 아픔을
실감했다. 나는 사모의 역할만 담당할 수가 없었다. 동시
에 여교역자로 서울대학교 원목으로 양립을 감당했다.
눈물의 기도에 꼭 응답해 주시는 주님의 긍휼과 은총의
체험은 하나의 시로 세상에 탄생하곤 했다.

늦을세라 주신 나의 귀한 선물인 삼남매는 가난한 목회자의 가정에서도 잘 성장해 주어진 사명 감당하며 부모의 노후 생활에 버팀목의 역할을 해주니 이 또한 하나님의 은혜라 믿고 싶다. 살아가며 귀한 이웃은 학창시절 친구밖에 없었다. 누구에게도 말 못할 일들을 터놓고 말할 수 있는 젊었을 때 친구와의 이것저것들이 詩로 말해지고 있다. 이제 바라기는 평화의 남북통일뿐이다.

《강물은 흘러》 시집을 출간할 수 있도록 물질로 정신적으로 도와주신 '한국예술인복지재단'과 글을 쓸 수 있도록 주거환경을 조성해 주는 강서타워 식구들, 내 가족들 그리고 인문엠앤비 이노나 대표에게 고마움을 전한다.

이옥녀 시집

강물은 흘러

인쇄 2023년 9월 10일
발행 2023년 9월 15일

지은이 이옥녀
발행인 이노나
펴낸곳 인문엠앤비
주소 서울특별시 종로구 북촌로4길 19, 404호(계동, 신영빌딩)
전화 010-8208-6513
이메일 inmoonmnb@hanmail.net
출판등록 제2020-000076호

ISBN 979-11-91478-23-5 03810
값 12,000원